이 세상 모든 흰 아기 기린이
다시 웃고 일어나며 꿈꾸기를
포기하 바람 변존회 🌸

이 책이 여러분의 마음에
온기를 전해줄 수 있길
바랍니다.

이 수연 드림

글 변준희

숭실대학교에서 국어국문학을, 연세대학교 대학원에서 통일학을 공부했습니다.
나무와 햇살 신인 작가 공모전 금상과 한국 안데르센상 특별상을 받았습니다. 현
재 여성기업 '평화바람' 대표로 연구와 글쓰기를 하며, 전국에 있는 학교와 기관에
서 평화·통일교육을 진행하고 있습니다. 지은 책으로 『하얀 기린』, 『엄마 아빠 구
출 소동』, 『열여덟 가지 인문학 개념으로 살펴보는 평화 사전』이 있습니다.
✉ peacewind20@naver.com

 그림 이수연

자연 속을 살아가는 다양한 동물들의 이야기로 퍽퍽한 삶에 지친 우리의 마음을
포근하게 감싸주는 그림을 그리고 싶습니다. 새침 발랄한 고양이들을 통해 이러
한 바람을 표현하는 프리랜서로 활동하고 있습니다. 『우리가 지켜야 할 멸종위기
야생생물』을 시작으로 그림책 『하얀 기린』, 『햇살이 된 초칩이』, 『하늘에 핀 해바
라기』, 『안녕』, 『티나를 보내는 날』의 그림을 맡아 함께 펴냈습니다.
✉ aurole@naver.com
⬛ otom_cat

하얀 기린, 그날 이후

글 변준희 · 그림 이수연

레인은 누군가를 기다리는 듯한 모습으로 항상 같은 자리에 있었어요.

두 발로 서서 다니고 도구를 사용한다는 사람을 처음 본 날,

아내 윈디와 아들 샤인이 사라졌거든요.

레인은 마지막으로 가족과 함께 있던 자리를 떠나지 못했어요.

비가 와도,

해가 뜨거워도,

캄캄한 밤에도,

매일 같은 자리에서 다른 가족의 모습을 물끄러미 바라보곤 했지요.

레인은 끊임없이 주위를 살피고 초원을 내다봤어요.

먹이를 노리는 사자가 보이면 레인은 가장 먼저 알아보고 뛰면서 외쳤지요.

"사자가 나타났다! 어서 도망가!"

그러면 저만치에 있던 얼룩말도,

풀을 뜯던 다른 동물들도 따라서 뛰기 시작했어요.

레인에게는 새로운 일과가 생겼어요.
윈디와 샤인의 모습을 그린 그림을 보여주며
만나는 동물들에게 물어보는 일이었지요.

"이렇게 생긴 하얀 기린 못 보셨나요?"

하지만 돌아오는 대답은 언제나 똑같았어요.

"못 봤는데요."

그러다 물웅덩이 근처에

혼자 서성이고 있는 아기 코뿔소를 보게 되었어요.

레인은 걱정되어 말했어요.

"그렇게 혼자 있으면 위험해."

그 시각,

표범 가족은 하얀 기린이 있는 숲을 향해 걸어 오고 있었어요.

아직 어린 두 마리의 표범이 처음으로 사냥에 나서는 날이었지요.

사냥감을 찾아 두리번거리던 표범의 눈에 풀을 뜯고 있는 사슴들이 보였어요.

한가롭게 식사 중인 사슴 가족이 눈치채지 못하도록

표범은 사냥감을 향해 한 발짝 두 발짝 다가갔어요.

엄마 사슴이 먼저 표범이 다가오는 것을 알아채고 말했어요.

"다들 도망쳐!"

깜짝 놀란 사슴들은 엄마와 함께 달아나기 시작했어요.
하지만 어린 표범은 더 빠른 속도로 쫓아왔지요.
점점 표범과 사슴의 거리가 가까워졌어요.

결국, 표범이 뒤처진 새끼 사슴 하나를 입으로 덥석 물었어요.

겁에 질린 사슴은 몸을 축 늘어뜨린 채 꼼짝을 못 했지요.

그때였어요.

레인이 긴 다리로 성큼성큼 달려 표범에게로 다가와 말했어요.

"당장 내려놔!"

표범이 머뭇거리자, 레인은 세찬 기세로 더 가까이 갔어요.

레인의 눈빛은 강렬했어요. 그러자 표범은 물고 있던 사슴을

바닥에 툭 떨어뜨리고는 레인을 피해 슬그머니 도망쳤지요.

사슴은 놀라서 다리에 힘이 풀린 듯 주저앉았다가 다시 일어났어요.
레인은 놀란 사슴을 다독여 주었고요.

"괜찮니? 다친 데 없어?"
"네. 구해주셔서 고맙습니다."

맑은 눈으로 인사하는 어린 사슴의 얼굴이
레인에게는 꼭 잃어버린 '샤인'처럼 보였어요.

며칠 후, 엄마 코끼리와 아기 코끼리가 숲속을 걷고 있을 때였어요.

아기 코끼리는 엄마 코끼리를 똑같이 흉내 내면서
코로 풀을 뜯기도 하고, 열매를 따보기도 했어요.
아직 코 사용이 서툴러 입으로 가져가려던 열매가
다시 떨어져 버리기도 했지요.

아기 코끼리는 엄마 코끼리를 졸졸 따라가다 말고

호기심에 차 이곳저곳을 다녔어요.

가까운 곳에 위험한 것이 있는지도 모른 채 겁 없이 뛰어다니고 있었지요.

그러다 엄마 코끼리와 간격이 점점 더 멀어졌어요.

아기 코끼리가 커다란 나무에 가까이 다가간 순간,
레인이 소리를 내며 가까이 뛰어왔어요.

"안 돼. 거기 서!"

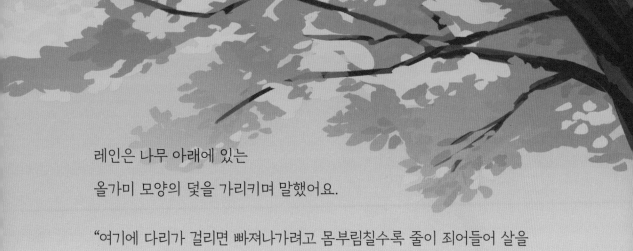

레인은 나무 아래에 있는
올가미 모양의 덫을 가리키며 말했어요.

"여기에 다리가 걸리면 빠져나가려고 몸부림칠수록 줄이 죄어들어 살을
파고들어. 나중에는 그 부위를 잘라내야 하거나 죽을 수도 있고."
"큰일 날 뻔했네요! 누가 이런 걸 만든 거예요?"
"덫을 만든 건 사람이야. 사람은 악어 이빨 모양의 톱으로
뿔을 잘라가기도 하고, 대롱 모양의 총으로 멀리서도 우리를 해칠 수 있어.
그러니 항상 조심해야 해. 알았지?"

놀라서 달려온 엄마 코끼리에게 아기 코끼리가 말했어요.

"이분이 절 살려주셨어요."

엄마 코끼리는 아기 코끼리를 코로 쓰다듬었어요.
그리고 하얀 기린에게 여러 번 감사 인사를 한 후에야 다시 가던 길을 갔지요.

레인은 늘 그랬듯이 물웅덩이가 있는 곳으로 갔어요.

그리고 근처에 있는 동물들에게 물었지요.

"혹시 저처럼 하얀 기린 못 보셨나요?"

역시나 돌아오는 대답은 똑같았어요.

"못 봤는데요."

물웅덩이를 둘러보던 레인은 아기 코뿔소를 보게 되었어요.
지난번에도 본 적 있던 그 코뿔소였지요.
레인은 가까이 다가가 물었어요.

"넌 왜 혼자서 여기를 서성이고 있어? 이름이 뭐야?"
"스몰이요."

"부모님은?"

"잃어버렸어요."

"어쩌다가?"

"……."

대답 없는 스몰의 표정을 보며 레인이 말했어요.

"너도 나처럼 잃어버린 것을 찾고 있구나."

레인은 다시 터벅터벅 보금자리로 걸어갔어요.
그런데 뒤를 졸졸 따라오는 누군가가 있었어요.
스몰이었지요.

레인은 멈춰서 뒤를 돌아보며 말했어요.

"왜 자꾸 따라와?"

스몰은 쭈뼛거리며 대답했어요.

"어디로 가야 할지 몰라서요."

레인은 다시 말없이 걷기 시작했고, 스몰도 함께 걸었어요.
어느새 길에는 땅거미가 졌습니다.

그리고 도착해서 함께 밥을 먹었습니다.

어느새 깜깜해진 하늘을 보며 스몰이 서글픈 듯 말했어요.

"오늘은 구름 때문인지 별이 잘 안 보여요.
별들이 찬란할 땐 아름다웠는데, 사라져 버렸어요."

레인이 밤하늘을 보며 말했습니다.

"그러게. 그 많던 별들이 오늘은 안 보이네.
하지만 보이지 않는다고 사라진 건 아니야.
안 보여도 별은 분명 그 자리에 있는 것처럼,
사라진 것만 같은 소중한 것들도 어딘가에서 빛나고 있어."

스몰이 대답했어요.

"맞아요. 엄마가 그랬어요. 보이는 것은 잠깐이고
보이지 않는 것은 영원하다고요."

레인이 스몰을 향해 고개를 돌리며 말했어요.

"그래. 가리어져 안 보일 때도 그 말을 믿어야 해."

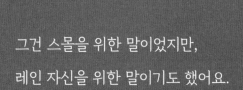

그건 스몰을 위한 말이었지만,

레인 자신을 위한 말이기도 했어요.

밤이 깊었는데,

레인은 등불 아래서 무언가를 열심히 그리고 있었어요.

올가미가 위험하다고 알려주기 위한 그림이었지요.

잠든 줄 알았던 스몰이 탁자에 앉더니 나뭇잎에 무언가를 그렸어요.

뿔이 잘린 채 쓰러져 있었던 엄마 아빠의 모습을요.

레인은 울고 있는 스몰에게 다가가 가만히 어루만져 주었어요.

레인은 여전히 마지막으로 가족과 함께 있던 자리를

떠나지 못합니다.

하지만 이제 레인은 혼자가 아니에요.

아픔을 극복해 가는 하얀 기린

〈하얀 기린〉 출간 직후 부모님 댁에 책을 드리러 갔는데, 마침 TV에서 동물 다큐멘터리를 방영하고 있었습니다. 기린 한 마리가 바닥에 죽어있는 새끼 주변을 서성이며 자리를 떠나지 못하고 있었어요. 그런데 슬퍼하던 기린이 새끼의 죽음 이후 가장 먼저 한 일은 놀랍게도 표범에게 잡힌 새끼 사슴을 구한 일이었지요. 그때 〈하얀 기린, 그날 이후〉를 쓰고 싶다고 생각했어요. 상처는 우리를 넘어뜨릴 수도 있지만, 위대하게 만들 수도 있다는 사실을 담아서요.

원지 않아도 누구나 살아가면서 소중한 사랑이나 간절한 희망을 잃어버리는 '상실의 아픔'을 겪게 됩니다. 그것은 형언할 수 없는 아픔이란 걸 〈하얀 기린〉 이야기는 알려줍니다. 평화를 깨뜨리는 것은 '다르다고 차별하는 마음'과 '이기심', '탐욕', '누군가에게 준 고통이 자기에겐 돌아오지 않을 거라고 생각하는 착각'이라고 말해도 사람들은 깨닫지 못합니다. 그것이 얼마나 큰 슬픔을 주는지 느껴봐야만 알 수 있지요.

어쩌면 상실의 아픔은 또다시 살아가는 동력이 됩니다. 잃어버린 것을 찾아야 하니까요. 그래야 더 많은 희생을 막을 수 있으니까요. 그래서 '레인'은 주위를 살피며 깨어있었고, 중요한 사실을 곳곳에 알리며, 누군가를 구하게 되었는지도 모릅니다. '스몰'처럼 작지만, 소중한 것들을 지키면서요. 그렇게 아픔을 간직한 '레인'은 약한 이들을 돕고 위로를 주고받으며 아픔을 극복해 가고 있습니다.

안타깝게도 여러 나라의 사람들은 오늘날에도 '무기'라는 도구를 사용하여 원하는 것을 가지려 합니다. 무언가를 지키기 위해서라고 주장하면서요. 하지만 실상은 무기로 지키는 것이 아니라 하나뿐인 생명을 해치고 있지요. 많은 동물이 지구상에서 사라지고 있고, 참혹한 전쟁이 끊이지 않는 상황 속에서 우리는 무엇을 할 수 있을까요?

중요한 건 이제 '레인'이 혼자가 아니라는 사실입니다. 평화를 사랑하는 여러분들도 결코 혼자가 아닙니다.

하얀 기린, 그날 이후

초판 1쇄 펴낸날 2025년 2월 25일

글 변준희
그림 이수연
펴낸이 박성신 | **펴낸곳** 도서출판 쉼 | **등록번호** 제406-2015-000091호
주소 경기도 파주시 문발로115, 세종벤처타운 304호 | **대표전화** 031-955-8201 | **팩스** 031-955-8203
전자우편 8200rd@naver.com

글ⓒ 변준희, 그림ⓒ 이수연, 2025
ISBN 979-11-87580-79-9 (73810)